Dieses Buch gehört:

....

....

Die Geschichten spielen in einer kleinen schwedischen Stadt namens Valleby, in der fast jeder jeden kennt und wo mitten im Ort die Kirche steht.

Die Hauptpersonen Lasse und Maja gehen in die gleiche Klasse und betreiben gemeinsam ein Detektivbüro.

2. Auflage 2021

ISBN 978-3-7641-5125-6

Die Originalausgabe erschien unter dem Titel *LasseMajas Detektivbyrå. Modemysteriet* bei Bonnier Carlsen Bokförlag, Stockholm, Schweden

Aus dem Schwedischen von Maike Dörries
Published in the German language by arrangement with Bonnier Rights, Stockholm, Sweden.

Umschlag- und Innenillustrationen: Helena Willis
Druck und Bindung: Finidr, s. r. o., Český Těšín
Gedruckt auf Papier aus geprüfter nachhaltiger Forstwirtschaft.

www.ueberreuter.de

Detektivbüro LasseMaja

Das Katzengeheimnis

Text: Martin Widmark
Illustrationen: Helena Willis

Aus dem Schwedischen
von Maike Dörries

ueberreuter

Für Helena mit Dank für so viele Jahre
fantastischer Zusammenarbeit!
Martin

Museumsstraße
Museum
Schulstraße
VALLEBY Schule
Schulgasse
KIOSK
Kirchstraße
Sporthalle Valleby
Post
TAXI
Wurst

Hafen
Benzin
alleby
Blatt
Valleby
Bibliothek
6
4
Hafenstraße
Hotel
SUPER MARKT
Angebot
Markt-
platz
RIO-KINO
Hallenbad

Vatteby Bahnhof
AFEN
Benzin
traße
Bahnhofstraße
Kaufmannsstraße
55
Hotel
SUPER MARKT
S M
Angebot
Hallenbad
Hospitalstraße
Kaufmannsstraße

Baumarkt Valleby
Baumarkt Valleby
VALLEBY
Gefängnis
VG
Gittergasse
1915
Stadttheater
Agaton Schnipp
12
Theaterstraße
Theaterstraße
30
Querstraße
Feuerwache
OPTIKER
20
24
Kaufmannsstraße
ufmannsstraße

Personen

Maja

Lasse

Polizeiinspektor

Ivy Roos

Karl-Filip

Jean-Pierre
Modedesigner

Lulu
Lebensgefährtin

Zybastian
Assistent

Charlotte
Modefotografin/Chauffeurin

Ringelpullis und weite Hosen

Schnipp, schnipp, schnipp, schnapp, schnipp, schnipp.

Lasse und Maja sitzen beim Friseur. Alle Warteplätze in Agaton Schnipps Salon sind belegt.

Der Briefträger Franco Bollo und die Gefängnisdirektorin Agata Kula sind dort. Neben Lasse sitzt der Pastor und etwas abseits Ivy Roos mit ihrem Pudel Karl-Filip.

Wenn Barbro Palm fertig ist, ist Maja an der Reihe. Sie zeigt leise kichernd auf die Museumschefin.

»Was für eine Frisur«, flüstert sie Lasse hinter vorgehaltener Hand zu.

Lasse blättert in einem Modemagazin. Er lacht, als er Barbros aufwendige, schwarz glänzende Frisur sieht.

»Mehr Spray. Und ein paar Locken in der Stirn«, ordert Barbro.

Der Friseur stößt einen tiefen Seufzer aus.

»Ich bin jetzt seit zwei Stunden mit Ihren

Haaren beschäftigt. Hier warten auch noch andere Kunden.«

»Genau«, sagt der Pastor. »Andere wollen vielleicht auch noch hübsch werden.«

Barbro überhört Pastor und Friseur und platzt begeistert heraus: »Bald werde ich Jean-Pierre gegenüberstehen! Dem berühmtesten Modeschöpfer der Welt!«

Der Friseur sprayt und Barbro Palm fährt fort: »Und ich fahre nach Paris!«

Der Friseur räuspert sich.

»Der Mann und die Frau, die den Wettbewerb gewinnen, dürfen zu der Modenschau nach Paris.«

»Sag ich doch«, sagt Barbro schnippisch. »Wenn ich gewonnen habe, fahre ich nach Paris.«

Lasse beugt sich zu Maja rüber.

»Ich glaube, ganz Valleby nimmt an dem Wettbewerb teil«, flüstert er.

SPRAY

Maja schüttelt den Kopf.

»Ich nicht«, sagt sie. »Ich interessiere mich nicht sonderlich für Kleider und Mode.«

»Ich mach mit«, sagt Lasse. »Ich glaube, der Modetrend im nächsten Jahr hat was mit Meer zu tun. Ringelpullis und weite Matrosenhosen.«

Barbro Palm hört, was Lasse sagt, und widerspricht.

»Meer! Ha! Nein, mein Freund. Die Inspiration der Mode im nächsten Jahr kommt aus dem Weltall, ihr werdet schon sehen! Zukunft heißt der Trend.«

»Ich glaube mehr an Gott und Jesus«, schiebt der Pastor ein. »Und die Blumen und die Vögel auf der Wiese natürlich.«

Der Friseur wischt ein paar Haare von Barbros Schultern. Vallebys Museumschefin erhebt sich widerstrebend von ihrem Platz und schaut in den Spiegel.

»Perfekt«, sagt sie. »So sehen die Haare aus wie ein Helm.«

»Der Nächste, bitte!«, sagt der Friseur und Maja nimmt Platz.

Was für ein Pelz!

Da kommt er!«, ruft Lasse, als er und Maja aus dem Friseursalon treten.

Ein großes rotes Auto ohne Verdeck rollt langsam durch die Kirchstraße.

Auf der Rückbank, in einen weichen Pelz gewickelt, sitzt ein Mann mit schulterlangem silbergrauen Haar.

»Jean-Pierre«, seufzt Barbro glücklich hinter Lasse und Maja. »Der weltberühmte Modeschöpfer. Stellt euch das vor! Hier bei uns in Valleby!«

Jean-Pierre winkt allen neugierigen Einwohnern von Valleby mit königlicher Geste zu.

Eine Frau mit kurzen roten Haaren sitzt am Steuer des Wagens.

»Charlotte«, flüstert Barbro. »Chauffeurin und Modefotografin. Sie macht ganz wunderbare Bilder!«

Neben Charlotte auf dem Beifahrersitz sitzt ein junger Mann in Lederjacke. Er hat eine rote Nase und blättert in einer Zeitschrift.

Dann zieht er ein Taschentuch heraus und schnäuzt sich die Nase.

»Das ist Jean-Pierres Assistent«, erklärt Barbro. »Er heißt Zybastian.«

»Scheint erkältet zu sein, der Arme«, stellt Lasse fest.

Der rote Schlitten rollt langsam weiter und die Einwohner von Valleby jubeln und applaudieren.

Charlotte parkt direkt vor dem Stadthotel. Sie steckt die Autoschlüssel in die Jackentasche, bevor sie Jean-Pierre die hintere Tür aufhält.

Der Modeschöpfer Jean-Pierre steigt mit einer großen Mappe unter dem einen Arm und einer großen Tasche in der anderen Hand aus dem roten Wagen.

Eine weiße, flauschige Katze schaut über den Taschenrand.

Jean-Pierre stellt sich auf den oberen Treppenabsatz vorm Hotel und hält eine Begrüßungsrede vor den Leuten, die seinetwegen auf dem Marktplatz zusammengeströmt sind.

»Liebe Einwohner von Valleby«, sagt er. »Es ist so weit.«

»Endlich!«, ruft Barbro. »Endlich kommt ein bisschen Schwung in unser Städtchen.«

Jean-Pierre lächelt Barbro an. Zybastian lehnt neben der Treppe an der Wand, liest weiter in seinem Magazin und niest.

Währenddessen geht Charlotte mit ihrer Kamera herum und schießt Fotos.

Jean-Pierre schlägt Zybastian mit der Mappe gegen den Arm.

»Reiß dich zusammen!«, zischt er seinem Assistenten zu. »Hör auf zu lesen und zu niesen! Du steckst Lulu oder mich noch an!«

Zybastian lässt die Zeitschrift fallen.

Maja buchstabiert sich durch die Titelseite: »*La mode aujourd'hui*. Was heißt das?«

»Keine Ahnung«, antwortet Lasse. »Klingt französisch … oder finnisch.«

Zybastian hebt die Zeitschrift auf und funkelt Jean-Pierre wütend an.

»Morgen«, fährt Jean-Pierre fort, »werden wir hier auf dem Marktplatz eine Modenschau veranstalten. Gewählt werden die zwei Personen, die am modischsten gekleidet sind – Mann oder Frau, Junge oder Mädchen. Schiedsrichter bin ich persönlich.«

Alle Anwesenden auf dem Marktplatz applaudieren und Sigge Jansson, Reporter vom Valleby-Blatt, streckt einen Stift in die Luft.

Jean-Pierre nickt ihm zu.

»Wie heißt die Katze? Ich möchte natürlich keinen Fehler in dem Bericht haben.«

»Lulu«, antwortet Jean-Pierre. »Meine Lebensgefährtin.«

Jean-Pierre schickt der weißen Katze einen Luftkuss.

»Schauen Sie nur ihr glänzend weiches Fell an. Sie macht gerade eine Spezialdiät und bekommt nur die besten, handverlesenen Garnelen.«

»Die Katze sieht hungrig aus, wenn du mich fragst«, flüstert Maja Lasse zu.

Sigge streckt wieder den Stift in die Luft. »Was ist in der Mappe?«

Jean-Pierre lächelt geheimnisvoll. Er hängt die Tasche mit der Katze in die Ellenbeuge und öffnet die Mappe einen Spaltbreit.

Sofort ist Charlotte mit der Kamera zur Stelle und versucht, ein Bild zu machen. Aber Jean-Pierre ist schneller und klappt die Mappe mit einem Knall zu.

»Darin ist die Kollektion für die kommende Saison«, erklärt er.

»Was ist das?«, fragt Maja.

»Der Modetrend des nächsten Jahres«, erklärt Lasse.

»Die Mappe ist ein Vermögen wert«, flüstert Barbro.

Maja verdreht die Augen.

»Eine Mappe mit Bildern von Kleidern? Wie kann so was ein Vermögen wert sein?«

»Die Bilder aus der Mappe werden an alle Modemagazine auf der ganzen Welt verkauft«, sagt Barbro.

Jean-Pierre ergreift wieder das Wort.

»Morgen Nachmittag küre ich also die beiden Gewinner auf dem Marktplatz. Und der erste Preis ist, wie alle sicher längst wissen, eine Reise in die Hauptstadt der Mode: Paris. Und jetzt schnell nach Hause an die Nähmaschinen!«

Maja langweilt sich

An den Wänden im Detektivbüro hängen lauter Bilder von Kleidern aus verschiedenen Epochen. Lasse hat sie angepinnt.

»Wie findest du diesen Stoff, Maja?«, fragt Lasse.

Aber Maja antwortet nicht.

»Hoffentlich werde ich bis morgen fertig«, redet Lasse weiter.

Maja seufzt genervt. Sie langweilt sich. Sie ist gar nicht begeistert, dass ihr Detektivbüro in ein Nähstudio umfunktioniert wurde. Aber solange keine Verbrechen in

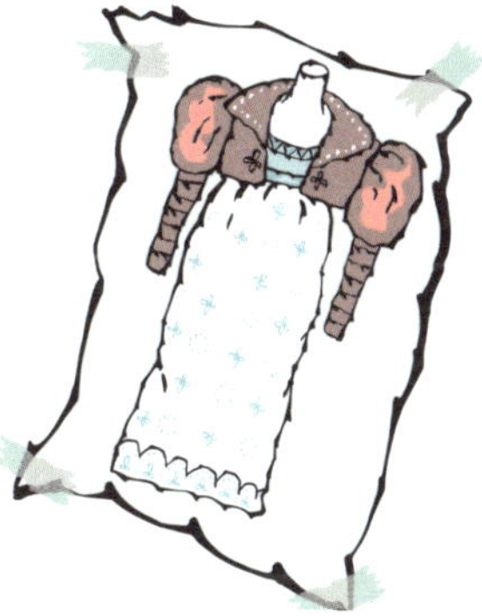

der Stadt passieren, gibt es für die Detektive nichts zu tun.

»Ich fahre eine Runde mit dem Rad«, sagt sie.

Trotz des lauen, schönen Sommerabends sind die Straßen in Valleby wie leer gefegt.

Vorm Stadthotel trifft sie eine alte Bekannte, Ivy Roos mit ihrem Hund Karl-Filip. Aber wie sieht der denn aus!

Maja hält mit dem Rad an.

»Niemand hat gesagt, dass Hunde nicht an dem Wettbewerb teilnehmen dürfen«, sagt Ivy. »Sieht Karl-Filip nicht schick aus? Ich habe sein Kostüm selbst genäht.«

Der kleine Pudel trägt einen karierten Umhang und einen passend gemusterten Hut und scheint sich darin ganz wohlzufühlen.

Ivy hat eine Papiertüte dabei.

»Komm, mein kleiner Schatz, dann kriegst du auch ein Leckerli, das Mama für dich gekauft hat. Leckere Garnelen aus dem Supermarkt.«

Aber Karl-Filip weigert sich, mitzugehen, als Ivy an der Leine zieht.

Ivy nimmt eine Garnele aus der Tüte, pult sie und hält sie Karl-Filip unter die Schnauze.

Maja liebt Garnelen. Aber Ivys kleiner Pudel will immer noch nicht mit ihr gehen und winselt kläglich.

»Ach so, musst du ein kleines Pippilipi«, sagt Ivy. »Komm, da drüben sind ein paar Büsche.«

Ivy Roos läuft mit Karl-Filip zur Rückseite des Hotels.

Maja schiebt ihr Rad über den Platz zum Café Panini & Bernard.

Sie stellt es auf dem Bürgersteig ab und geht in das Café. Dort ist niemand.

»Hallo!«, ruft Maja. Ihre Stimme hallt durch den sonst mit Gästen gefüllten Raum.

Nach einer Weile kommt Dino nach vorne. Er hat ein Maßband um den Hals und eine Schere in der Hand.

»Hallo, Maja«, sagt er. »Ent-

#14
WORLD

schuldige, dass du warten musstest. Heute ist alles etwas durcheinander. Sara hat kein Garn mehr. Du weißt schon, wegen der Modenschau morgen …«

»Dann will ich nicht stören«, sagt Maja und geht wieder raus auf die Straße.

Sie schiebt ihr Rad die Kirchstraße hinunter. Die Kirchentür geht auf und der Pastor und Roland Svensson, der Küster, kommen heraus.

»Sitzen sie auch gut?«, fragt der Pastor und Roland nickt eifrig.

Der Pastor trägt eine lange weiße Kutte und hat ein Paar Flügel auf den Rücken geschnallt. Als er Maja sieht, zieht er an einer Schnur vor dem Bauch und winkt Maja mit den Flügeln zu.

»Jetzt sehe ich aus wie Jesus«, ruft er und zieht den Saum der Kutte hoch, damit Maja die Sandalen an seinen Füßen sehen kann.

ENTLAUFEN
Tel: 0998-458673
GESUCHT
Tel: 0998-458673
GESUCHT
Tel: 0998-458673
VERLOREN
EINBRUCH

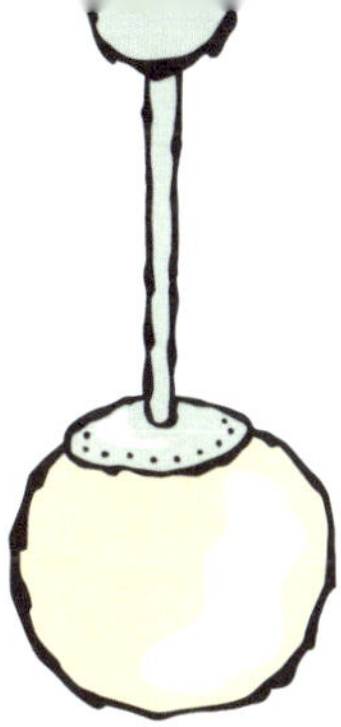

Sie winkt zurück und geht weiter. Ganz Valleby scheint verrückt geworden zu sein.

Maja steigt auf ihr Rad und strampelt zur Polizeistation.

»Was sagst du, Maja?«, fragt der Polizeiinspektor, als sie die Wache betritt.

Randolf Larsson dreht sich vor einem Standspiegel hin und her. Er trägt eine weiße Paradeuniform mit Goldknöpfen.

»Ich glaube, der Modetrend des nächsten Jahres dreht sich um Ordnung und Disziplin«, meint der Polizeiinspektor. »Und was passt da besser als so eine elegante Uniform. Sitzt sie gut, was denkst du?«

Maja will sagen, dass sie froh ist, wenn die Modetage endlich vorbei sind. Da fliegt die Tür zur Polizeistation auf.

Jean-Pierre stürmt aufgebracht herein!

Die Polizei in Valleby hat anderes zu tun

Sie ist weg!«, ruft Jean-Pierre aufgewühlt.

Maja und der Polizeiinspektor schauen den hysterischen Modeschöpfer verwundert an. Tränen laufen über seine Wangen.

»Wer ist weg?«, fragt der Polizeiinspektor. »Hat jemand sie hier abgegeben?«

Der Polizeiinspektor wiederholt seine Frage.

»Wer ist weg?«

»Lulu!«, ruft Jean-Pierre.

»Lulu?«, fragt der Polizeiinspektor. »Wer ist das? Ihre Frau?«

Jean-Pierre sieht den Polizeiinspektor von Valleby voller Verachtung an.

»Meine Frau? Nein, Lulu ist meine Lebensgefährtin. Meine Katze.«

Maja kratzt sich im Nacken. Der Mann

ENTLAUFEN
Tel: 0998-458673
VERLOREN
EINBRUCH
DIEBSTAHL

mag seltsam sein, aber man sieht ihm seine Verzweiflung schon von Weitem an.

»Tut mir leid«, sagt der Polizeiinspektor, stellt sich wieder vor den Spiegel und setzt die Polizeimütze auf. »Die Polizei in Valleby hat anderes zu tun, als nach entlaufenen Katzen zu suchen.«

Jean-Pierre sieht den Polizeiinspektor mit tränenfeuchten Augen an.

»Sie verstehen nicht«, schluchzt er.

»Aber ich verstehe Sie«, sagt Maja. »Ich werde Ihnen helfen, Ihre Katze zu finden.«

Maja und Jean-Pierre gehen zusammen zum Stadthotel.

An der Rezeption steht der wie üblich mürrische Rune Andersson.

Maja tritt an den Tresen und begrüßt ihn.

»Guten Tag, Rune«, sagt sie.

Rune blättert in einem Briefmarken-Album. Er brummelt etwas, ohne den Blick zu heben.

Ganz Valleby weiß, dass der Rezeptionist im Stadthotel eine absolute Leidenschaft

hat: das Sammeln von außergewöhnlichen Briefmarken. Auf dem Tresen neben dem Album liegt eine Werbebroschüre.

Nicht verpassen! Briefmarken-Messe in Paris!, lautet die Überschrift.

»Haben Sie Jean-Pierres Katze gesehen?«, fragt Maja.

Rune Andersson antwortet mit einem genervten Schnauben auf Majas Frage und blättert weiter in seinem Album.

Maja zieht die Schultern hoch und lacht. Rune ist sicher der größte Griesgram der Stadt, denkt sie. Aber etwas haben er und sie gemeinsam. Sie scheinen die einzigen Menschen in Valleby zu sein, denen die Modenschau morgen egal ist.

Maja dreht sich zu Jean-Pierre um.

»Können Sie mir zeigen, wo die Katze verschwunden ist?«

Jean-Pierre deutet den Korridor hinunter. Er geht vor und schließt die Tür von Zimmer eins auf.

Maja tritt ein. In dem Zimmer stehen ein Bett, ein Schreibtisch und ein gemütlicher Sessel.

»Lulu hat auf dem Sessel geschlafen.«

»Was haben Sie währenddessen gemacht?«, fragt Maja.

»Ich habe auch ein kurzes Nickerchen gehalten«, sagt Jean-Pierre.

Maja sieht, dass die Gardinen vorm Fenster sich leicht bauschen.

»Ich schlafe immer bei offenem Fenster«, erklärt Jean-Pierre. »Das ist gut für die Haut.«

»Dann ist Lulu vermutlich ausgebüxt!«

Maja geht ans Fenster und schaut nach

draußen. Jean-Pierres Zimmer liegt im Erdgeschoss und direkt vor dem Fenster wachsen Rosensträucher.

»Lulu büxt nicht aus«, antwortet Jean-Pierre kurz. »Sie weiß, dass es nach dem Nickerchen was zu fressen gibt. Und den kleinen Leckerbissen will sie nicht verpassen. Außerdem kennt sie sich in Valleby ja gar nicht aus.«

Maja sieht sich weiter im Zimmer um, kann die Katze aber nirgends finden.

Jean-Pierre geht auf den Korridor und öffnet die Tür zum Nachbarzimmer.

»Du könntest wenigstens anklopfen!«, faucht Charlotte, die Fotografin.

Sie sitzt auf dem Bett und hantiert mit ihrer Kameraausrüstung. Jean-Pierre antwortet nicht, öffnet stattdessen die Tür des großen Kleiderschranks und lockt seine Katze.

Charlotte funkelt ihn wütend an, als er ihre Kleider und Schuhe herauszerrt und auf den Boden wirft.

Jean-Pierre rauscht aus dem Zimmer zurück in den Korridor und reißt die nächste Tür auf.

Marie-Claire
VOGUE
127
VOGUE
La mode aujourd'hui
La mode aujourd'hui
La mode aujourd'hui
FASHION WORLD
#14
#13

Zybastian sitzt an dem Schreibtisch hinter einem Stapel französischer Modemagazine.

Er sieht Jean-Pierre und Maja erschrocken an, als sie in sein Zimmer stürmen, und schiebt eilig etwas in die Schreibtischschublade.

Nachdem Jean-Pierre Zybastians Zimmer durchsucht hat, sinkt er schluchzend auf das Bett seines Assistenten.

»Mein Leben liegt in Trümmern«, stöhnt er mit tränennassen Wangen.

Maja hebt den Kopf und sieht Charlotte in der offenen Tür. Charlotte lächelt.

Maja platzt der Kragen

Fertig!«, sagt Lasse fröhlich und steht hinter der Nähmaschine auf. »Sieh dir das an, Maja.«

Maja ist zurück ins Detektivbüro gefahren, um Lasse von ihren Erlebnissen zu berichten.

»Hör zu«, sagt sie zu Lasse. »Hörst du zu?«

»Mmmh«, antwortet Lasse und zieht sich um.

Maja fasst zusammen, was sie weiß: »Die Katze des Modeschöpfers Jean-Pierre ist verschwunden. Sie reißt nie aus, behauptet Jean-Pierre, weil es nach dem Nachmittagsschlaf immer etwas Leckeres zu fressen gibt.«

»Clever«, sagt Lasse und knöpft seinen Hosenknopf zu. »Katzen merken sich, wo sie was zu fressen kriegen.«

Maja überlegt laut weiter:

»Die Fotografin Charlotte scheint sehr schlechte Laune zu haben. Warum, frage ich mich. Und sie hätte zu gerne einen Blick in Jean-Pierres Mappe geworfen. Der Assistent Zybastian liest am liebsten Modemagazine und scheint komplett uninteressiert an den Modetagen in Valleby. Außerdem hat er etwas in der Schublade verschwinden lassen, als Jean-Pierre in sein Zimmer stürmte. Dann wäre da noch Rune Andersson. Bald ist eine Briefmarken-Messe in Paris. Bestimmt will er dorthin. Und der erste Preis der Modenschau morgen ist eben eine Reise nach Paris.«

»Guck mal, Maja!«, sagt Lasse und grinst zufrieden.

Er hat einen Ringelpullover und eine weite Matrosenhose angezogen und trägt auf dem Kopf eine runde Kappe. Er stolziert mit großen Schritten durch das Detektivbüro und dreht sich im Kreis.

»Wie findest du's?«, fragt er.

Da platzt Maja der Kragen. »Kannst du dich nicht auf den Fall konzentrieren?«

»Welcher Fall?«, fragt Lasse. »Wir

haben keinen Fall. Wir haben eine entlaufene Katze.«

Maja will ihn gerade daran erinnern, dass das Detektivbüro LasseMaja alle spannenden und gefährlichen Aufträge annimmt, auch die mit entlaufenen Katzen. Da klingelt ihr Telefon.

Sie geht ran und hört eine Weile zu.

Dann steckt sie das Handy zurück in die Tasche.

»Das war der Polizeiinspektor«, sagt sie ernst. »Jean-Pierre hat einen Brief bekommen.«

»Was für einen Brief?«, fragt Lasse. »Was steht darin?«

»Dass er seine Mappe mit der Kollektion fürs nächste Jahr rausrücken soll, wenn er seine Katze lebendig wiedersehen will.«

»Aha, dann haben wir also doch einen Fall«, stellt Lasse fest.

Lasse und Maja verlassen das Detektivbüro und schwingen sich auf ihre Fahrräder.

Jean-Pierre ist bereits da, als sie in der Polizeistation ankommen.

Er sitzt auf einem Stuhl und weint.

Der Polizeiinspektor klopft ihm tröstend auf die Schulter. Er nickt Lasse und Maja zu und zeigt auf seinen Schreibtisch.

Dort, in einer Plastikhülle, liegt der Brief.

Jemand hat Buchstaben aus einer Zeitung ausgeschnitten und zu einer Nachricht zusammengeklebt:

ESETZ
1
2
3

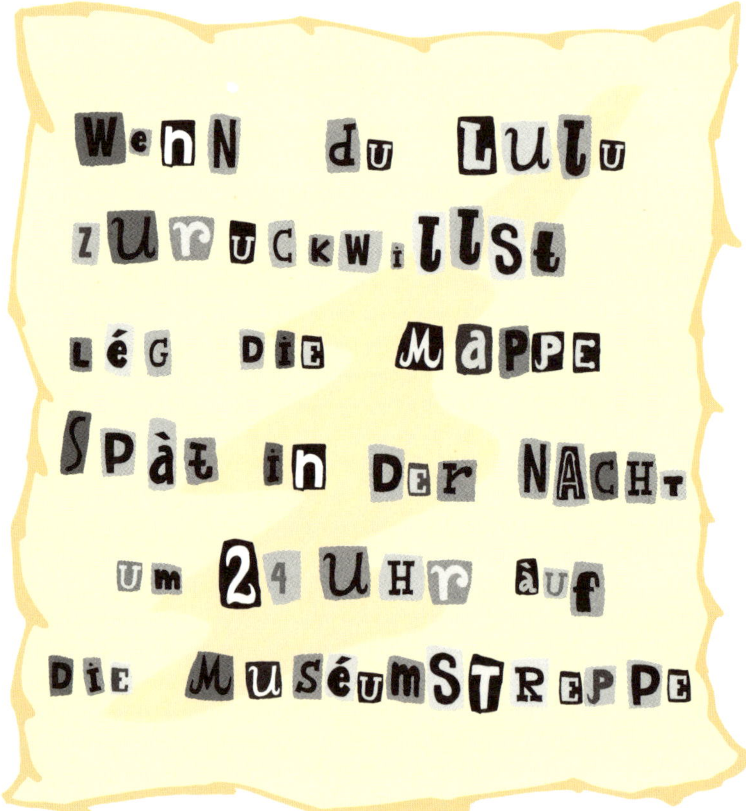

»Wo sind die Pünktchen? Und was sind das für Striche?«, fragt Lasse.

»Welche Striche und Pünktchen?«, fragt der Polizeiinspektor.

»Die Punkte über dem ›Ü‹ und ›Ä‹ fehlen«, ergänzt Maja. »Dafür gibt es Striche über manchen Vokalen.«

Ermittlungen bei Vollmond

Der Vollmond leuchtet rund und gelb über Valleby.

Eine schläfrige Möwe sitzt auf dem Museumsdach. Es ist fast Mitternacht. Die Möwe legt den Kopf schräg und schaut auf die Menschen hinunter, die sich hinter der Sporthalle nebenan verstecken.

Auf der Museumstreppe liegt Jean-Pierres Mappe mit der Modekollektion des nächsten Jahres.

»Wenn ich den Schuft in die Finger kriege, werde ich ihm Flötentöne beibringen«, flüstert Jean-Pierre empört. »Hoffentlich hat Lulu ihn ordentlich streifig gekratzt!«

»Ihn?«, fragt Lasse. »Sind Sie sicher, dass ein Mann Ihre Katze gestohlen hat?«

»Ermittlungen betreibt man ohne Vorurteile, wer der Täter sein könnte«, flüstert der Polizeiinspektor.

Charlotte, die Fotografin, stellt ihre Kamera ein.

»Was das für Fotos werden können!«, flüstert sie. »Der Täter auf frischer Tat ertappt, die Finger noch im Bonbonglas!«

Jean-Pierres Assistent Zybastian sitzt mit dem Rücken an die Wand der Sporthalle gelehnt und blättert wie gewohnt in einem Modemagazin.

Lasse schaut auf die Uhr.

»Noch drei Minuten«, flüstert er.

Maja sagt nichts.

Sie denkt nach.

Bald werden sie den Täter entlarven, der die Katze gestohlen und den Erpresserbrief geschrieben hat. Der Brief wurde mit ausgeschnittenen Buchsta-

ben zusammengesetzt, die vermutlich aus einer französischen Zeitschrift stammen. Im Französischen gibt es kein ›Ü‹ oder ›Ä‹, dafür Akzentstriche über dem ›É‹ oder ›À‹. Zwei Verdächtige sind anwesend, Charlotte und Zybastian. Sie haben beide darauf bestanden, dabei zu sein, wenn der Katzenentführer geschnappt wird. Das tut man doch nicht, wenn man selber schuldig ist?

Maja denkt weiter nach. Wer sonst könnte die Katze gestohlen haben und jetzt verlangen, dass Jean-Pierre seine Mappe rausrückt? Aber …

Weiter kommt Maja nicht, weil in diesem Moment die Kirchturmglocke zwölf Mal schlägt.

Der Polizeiinspektor schiebt den Kopf um dic Hallenecke und schaut die Museumsstraße, Schulstraße und Kirchstraße hinunter.

»Ist was zu sehen?«, flüstert Lasse hinter ihm.

»Nein«, antwortet der Polizeiinspektor. »Aber halt! Da drüben kommt jemand!«

Jetzt schauen Lasse und Maja auch um die Ecke.

Eine Gestalt in einem langen Mantel, der fast bis auf den Boden reicht, kommt die Kirchstraße hochgelaufen.

»Sieht aus wie ein Mann«, flüstert der Polizeiinspektor.

KIOSK

»Sag ich ja«, flüstert Jean-Pierre zufrieden.

Der Mann hat den breitkrempigen Hut tief in die Stirn gezogen. Er schaut zur Turmuhr hoch und läuft eilig am Kiosk vorbei über die Schulstraße.

Charlotte hält ihre Kamera hoch und schießt ein paar Fotos.

In dem Augenblick niest Zybastian.

Jean-Pierre funkelt ihn wütend an. »Leise, du Idiot! Du verrätst uns ja!«, faucht er.

Aber der Mann in dem langen Mantel scheint nichts mitbekommen zu haben. Jetzt hat er die Museumstreppe erreicht.

Er bleibt stehen und bückt sich.

»Zugriff!«, ruft der Polizeiinspektor.

Die Möwe schaut erschrocken zu den Menschen runter, die über die Straße rennen. Sie flattert kreischend davon.

Der Polizeiinspektor ist als Erster bei dem geheimnisvollen Mann. Er wendet den Poli-

zeigt ihn an, aber der Mann in dem langen Mantel kann sich befreien und läuft die Museumsstraße hinunter.

»Hinterher!«, ruft der Polizeiinspektor.

Lasse und Maja sprinten los. Sie müssen nicht lange laufen, weil der geheimnisvolle Mann auf den Saum seines Mantels tritt und der Länge nach zu Boden fällt.

Der Polizeiinspektor macht einen Satz und

setzt sich rittlings auf ihn. Dann reißt er dem Mann den Hut vom Kopf.

»Sie!?«, ruft der Polizeiinspektor überrascht.

Reingelegt – jetzt wird es eng!

Der Blitz von Charlottes Kamera erleuchtet das Gesicht des Verdächtigen.

»Rune Andersson!«, sagt der Polizeiinspektor. »Im Namen des Gesetzes! Ich zeige Sie wegen Erpressung an.«

Rune glotzt den Polizeiinspektor mit großen Augen an.

»Er… Er… Erpressung?«, stammelt er.

Jean-Pierre stürzt vor, um sich den Mann vorzuknöpfen, der seine Katze entführt hat.

Der Polizeiinspektor hat Mühe, den rasenden Modeschöpfer davon abzuhalten, Rune an den Kragen zu gehen.

»Was ist hier los?«, fragt Rune erschrocken.

»Was los ist?«, brüllt Jean-Pierre. »Wir haben sie entlarvt! Das bedeutet ein paar Jahre hinter Gittern!«

»Aber ich hab doch gar nichts getan«, sagt Rune.

Lasse und Maja sehen sich an.

Maja schüttelt langsam den Kopf und Lasse kratzt sich an der Nase.

Irgendetwas stimmt hier nicht, das spüren beide.

»Was haben Sie mitten in der Nacht hier draußen verloren?«, fragt der Polizeiinspektor und sieht Rune an.

»Ich wollte etwas holen«, antwortet Rune mit zittriger Stimme.

»Was?«

»Ein Briefmarken-Album.«

»Ein Briefmarken-Album?«, fragt der Polizeiinspektor überrascht. »Hier? Mitten in der Nacht?«

»Meine Mappe wollten Sie stehlen!«, brummt Jean-Pierre. »Wo ist Lulu?«

Rune schiebt seine Hand vorsichtig in eine

der vielen Manteltaschen und zieht einen Brief hervor.

»Lesen Sie selbst«, sagt er.

Ohne sich von Runes Bauch zu erheben, faltet der Polizeiinspektor den Brief auf.

Lasse und Maja beugen sich vor und lesen mit.

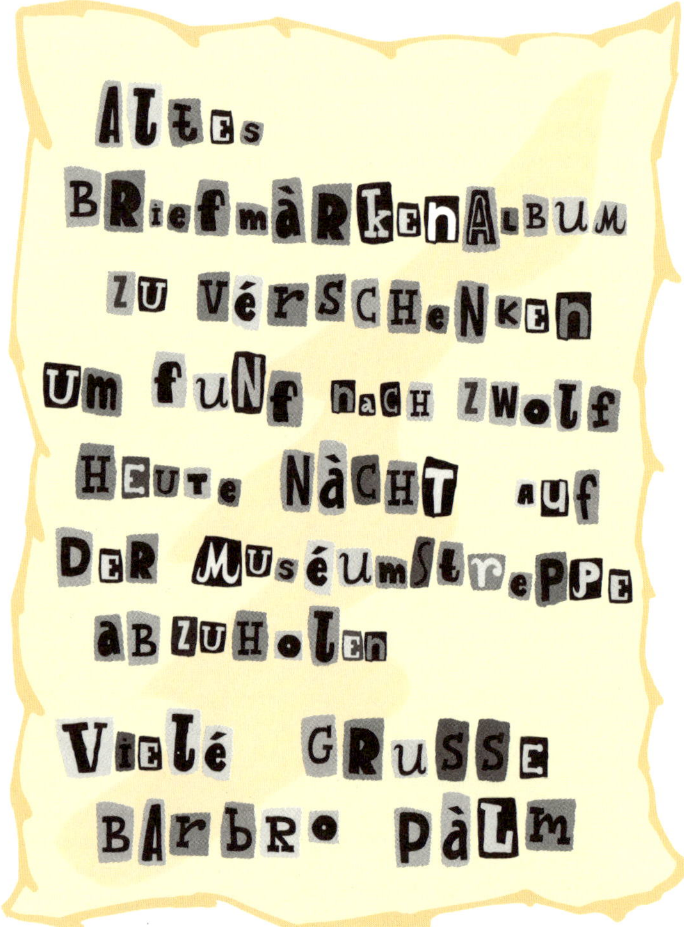

»Die gleichen ausgeschnittenen Buchstaben«, stellt Lasse fest.

»Auch hier keine Punkte auf den Umlauten«, sagt Maja. »Dafür Akzentstriche über manchen Vokalen.«

Der Polizeiinspektor sieht Lasse und Maja fragend an. »Pokale?«, fragt er. »Was für Pokale? Wovon redet ihr?«

»Vokale«, erklärt Maja. »Nicht Pokale. Sie wissen schon, die Buchstaben im Alphabet, die ...«

Weiter kommt sie nicht, weil sie von Lasse unterbrochen wird. Er zeigt zur Museumstreppe.

»Die Mappe ist weg!«

Der Polizeiinspektor hilft Rune auf die Füße. Dann laufen alle zu der breiten Steintreppe, die zum Museum hochführt.

Eine Weile starren sie schweigend auf die leeren Stufen.

Da niest Jean-Pierre.

»Jetzt hat Zybastian mich doch noch angesteckt«, sagt er wütend.

In dem Moment fällt bei Maja der Groschen. Sie sieht sich um.

Neben ihr steht Jean-Pierre und wischt sich mit dem Ärmel seines Pelzmantels die Nase ab.

Da drüben fotografiert Charlotte, was das Zeug hält.

Rune rückt seinen langen Mantel

zurecht, und der Polizeiinspektor kratzt sich im Nacken.

Aber wo ist …?

»Zybastian!«, stöhnt Maja. »Er hat uns reingelegt. Jetzt wird's eng!«

»Pass gefälligst selbst auf deine Katze auf!«

Mit dem Polizeiinspektor an der Spitze laufen Jean-Pierre, Charlotte, Lasse und Maja zurück zum Stadthotel. Jean-Pierres rotes Auto steht auf dem Platz vorm Hotel, wo es gestern geparkt wurde.

Im Hotel reißt der Polizeiinspektor Zybastians Zimmertür auf, ohne zu klopfen. Aber Zybastian ist nicht dort.

Alle beteiligen sich an der Suche.

Sie schauen im Schrank nach, unter dem Bett und im Badezimmer.

Auf dem Schreibtisch entdeckt Lasse einen Stapel französischer Modemagazine, aus denen jemand Buchstaben ausgeschnitten hat.

Aber von Zybastian gibt es keine Spur.

»Nichts!«, stellt der Polizeiinspektor fest.

Sie laufen in Jean-Pierres Zimmer. Aber auch da ist der Assistent nicht.

»Maja«, sagt Lasse. »Wer hat das rote Auto gefahren, als Jean-Pierre in Valleby angekommen ist?«

»Charlotte«, sagt Maja. »Sie hat den Schlüssel in die Tasche gesteckt, nachdem sie das Auto geparkt hat.«

»Die Jacke hängt in meinem Schrank«, sagt Charlotte.

Vorsichtig öffnet der Polizeiinspektor die Tür von Charlottes Zimmer. Da drinnen ist es ganz still und menschenleer. Langsam geht der Polizeiinspektor auf den großen Kleiderschrank zu.

»Aah… haaa… tschi!«, ist es in dem Augenblick durch die geschlossenen Türen zu hören.

Ehe jemand reagieren kann, reißt Jean-Pierre die Türen von Charlottes Kleiderschrank auf.

Darin steht Zybastian mit laufender Nase.

Er hat Jean-Pierres Mappe an sich gedrückt und hält den Schlüssel für das rote Auto in der Hand.

»Du gemeiner Schuft, du!«, brüllt Jean-Pierre und zerrt Zybastian aus dem Schrank.

Zybastian funkelt Jean-Pierre wütend an.

»Wo hast du Lulu versteckt?«

Zybastian kneift die Augen zu schmalen Schlitzen zusammen.

»Pass gefälligst selbst auf deine Katze auf!«, antwortet er trotzig.

»Wo ist sie?«, wiederholt Jean-Pierre.

Zybastian zuckt mit den Schultern. »Keine Ahnung«, sagt er und grinst Jean-Pierre wutentbrannt an.

Lasse und Maja wechseln Blicke. Hat Zybastian die Katze etwa gar nicht gestohlen?

»Aber Sie haben sie doch entführt?«, fragt Maja und fordert Zybastian auf, die Mappe herzugeben.

Jean-Pierres Assistent schüttelt den Kopf.

»Sie haben Lola also nicht gestohlen?«, fragt der Polizeiinspektor.

»Lulu!«, korrigiert Jean-Pierre ihn.

Zybastian funkelt Jean-Pierre weiterhin wütend an. »Sie sind ein unerträglicher Mensch«, sagt er und wirft die Mappe mit Wucht auf den Boden.

»Sie zwingen Charlotte und mich, mit Ihnen durch die Gegend zu fahren«, fährt Zybastian fort. »Sie beschimpfen mich als Idioten und lassen mich mit offenem Verdeck fahren, obwohl Sie genau wissen, wie leicht ich mich erkälte.«

»Aber wo steckt jetzt Lulla?«, fragt der Polizeiinspektor.

»Lulu«, korrigiert Jean-Pierre ihn erneut.

»Als ich mitbekommen habe, dass sie verschwunden ist, habe ich meine Chance gewittert«, erklärt Zybastian. »Ich weiß ja, wie sehr Jean-Pierre das kleine Biest liebt. Er würde alles für sie tun. Darum habe ich die Buchstaben ausgeschnitten und den Brief zusammengeklebt.«

»Die Briefe, meinen Sie wohl«, sagt Lasse. »Sie haben zwei Briefe verschickt. Einen an Jean-Pierre und einen an den unschuldigen Rune Andersson.«

Zybastian nickt und erzählt weiter.

»Ich habe Jean-Pierre dazu gebracht, die Mappe auf der Museumstreppe abzulegen. Es war ein Leichtes, dann auch den Rezeptionisten unter einem Vorwand dorthin zu locken, der nur seine Briefmarken im Kopf hat.«

»Und in dem Tumult und Chaos, das entstand, als ich Rune festnehmen wollte, ha-

ben Sie versucht, mit der Mappe abzuhauen«, schließt der Polizeiinspektor ab.

»Ich wollte Valleby mit dem Auto verlassen und später die Bilder verkaufen«, fügt Zybastian hinzu.

Er wirft Charlotte den Autoschlüssel zu. Sie fängt ihn auf und sieht Zybastian traurig an.

Da hören sie plötzlich ein lautes Schluchzen. Alle drehen sich um. Jean-Pierre sitzt auf Charlottes Bett und weint.

Der Polizeiinspektor geht zu ihm und versucht, ihn zu trösten.

»Wir werden Lalla schon finden, warten Sie's ab.«

Da lässt Jean-Pierre sich rückwärts aufs Bett fallen und drückt ein Kissen auf sein Gesicht.

»Ich bin nicht zu Hause!«

Am nächsten Morgen sitzen Lasse und Maja in ihren Sesseln im Detektivbüro.

»Wir haben irgendetwas übersehen«, seufzt Maja.

»Ja, und die Modenschau können wir vergessen,

wenn die Katze nicht wieder auftaucht«, sagt Lasse. »Jean-Pierre heult sich die Augen aus dem Kopf. Und ich kann nicht vorführen, was ich geschneidert habe.«

»Wir haben uns täuschen lassen, weil wir davon ausgegangen sind, dass ein und dieselbe Person die Katze gestohlen und den Erpresserbrief geschickt hat«, sagt Maja mehr zu sich selbst als zu Lasse.

»Das war wirklich clever von Zybastian«, antwortet Lasse. »Er hat die Chance genutzt, die sich ihm geboten hat.«

Lasses Magen knurrt.

»Ich hab Hunger«, sagt er. »Wollen wir zu Dino und …«

»Warte mal!«, sagt Maja und richtet sich kerzengrade im Sessel auf. »Danke, Lasse! Jetzt weiß ich, was passiert ist!«

Lasse sieht Maja verdutzt an.

»Wieso danke? Ich hab doch gar nichts gemacht, außer mit dem Magen zu knurren.«

»Komm!«, sagt Maja. »Setz den Fahrradhelm auf. Beeil dich! Auf zum Stadthotel!«

Hinter dem Stadthotel kniet Maja sich vors Blumenbeet und sieht sich die Rosensträucher unter Jean-Pierres Fenster genauer an.

Und da, an einer der Rosenblüten hängt ein dünner grüner Faden!

»Bingo!«, flüstert Maja. »Jetzt weiß ich, wo Lulu ist.«

»Ein grüner Faden«, stellt Lasse fest, ohne zu verstehen, was Maja rausgefunden hat.

Maja springt lachend auf ihr Rad.

Lasse und Maja rasen mit den Fahrrädern durch die Stadt.

»Wohin fahren wir?«, fragt Lasse.

»Zum Fußballplatz«, antwortet Maja über die Schulter.

»Wollen wir Fußball spielen?«, fragt Lasse.

»Nein, wir wollen eine Lebensgefährtin abholen.«

Neben dem Fußballplatz steht ein kleines Haus.

Lasse und Maja stellen ihre Räder ab und Maja klopft an die Haustür.

Von drinnen ist lautes Gekläffe zu hören.

»Machen Sie auf, Ivy! Wir sind es, Lasse und Maja«, ruft Maja.

»Ich bin nicht zu Hause!«, antwortet Ivy Roos. »Karl-Filip ist ganz allein und reicht nicht bis an die Türklinke. Kommt ein andermal wieder, ihr beiden.«

Maja gibt nicht auf. Sie klopft weiter an die Tür, bis Ivy sie einen Spaltbreit öffnet und herausguckt.

»Sie müssen Lulu zurückgeben.«

»Lulu?«, fragt Ivy.

»Ich weiß, dass sie hier bei Ihnen ist.«

Ivy Roos schüttelt energisch den Kopf, aber da ist ein Maunzen aus dem Flur zu hören.

Ivy seufzt.

»Sie ist einfach mitgekommen. Ich habe sie nicht gestohlen. Ganz ausgehungert war der arme Schatz.«

»Sie hat den Duft von Karl-Filips Garnelen

gerochen, als der gestern hinter dem Hotel sein Geschäft erledigt hat, stimmt's?«, fragt Maja.

»Ja. Karl-Filip hat sich so gefreut, als sie aus dem Fenster sprang«, sagt Ivy. »Sie spielen so schön zusammen.«

Nachdem Maja Ivy erklärt hat, wie verzweifelt Jean-Pierre ist, gibt Ivy schließlich die weiße Katze zurück. Dabei rollen dicke Tränen über ihre Wangen.

»Karl-Filip hat sich schon immer eine kleine Schwester gewünscht.«

»Schwester?«, sagt Lasse. »Aber Lulu ist doch ... eine Katze!«

Darauf sagt Ivy nichts und geht in die Hocke, um ihren kleinen Pudel zu trösten.

Lasse und Maja verabschieden sich.

»Du bist genial, Maja«, lobt Lasse sie.

»Offenbar gibt Jean-Pierre Lulu zu wenig zu fressen«, antwortet Maja. »Als Ivy Karl-Filip hinterm Hotel sein Geschäft hat machen lassen, war die Versuchung zu groß. Sie ist aus dem Fenster gesprungen und mit Ivy und Karl-Filip und den Garnelen mitgegangen.«

Lasse lacht und sagt, dass Katzen eben genau wissen, wo sie was zu fressen kriegen.

»Nichts mit Jesus oder den Vögeln auf der Wiese?«

Dann bitte ich das erste Model des Tages, aufzutreten«, sagt Jean-Pierre in das Mikrofon.

Er sitzt in einem großen roten Sessel und streichelt seine geliebte Katze. Lulu sieht satt und zufrieden aus.

Auf dem Marktplatz ist ein langer Laufsteg aufgebaut worden.

Am Eingang des Stadthotels steht ein schnaufender Rune Andersson. Er trägt wieder wie üblich seinen grauen Anzug. Allerdings hat er noch nicht verwunden, dass er verdächtigt wurde, Jean-Pierres Mappe gestohlen zu haben.

Barbro Palm betritt den Laufsteg und Charlotte schießt eine Reihe Fotos.

Vallebys Museumschefin trägt einen silber

glänzenden Anzug, dazu schwindelerregend hohe Plateauschuhe. Ihr Haar schmiegt sich wie ein Stahlhelm um ihren Kopf.

Barbro geht auf dem Laufsteg hin und her und die Zuschauer applaudieren.

»Thema Weltraum! Die Zukunft!«, ruft Barbro, ehe sie den Laufsteg verlässt.

Danach treten die anderen

Teilnehmer nacheinander auf und zeigen, was sie geschneidert haben.

Dino ist gekleidet wie ein Tangotänzer in einem schwarzen, figurbetonten Anzug. Seine Frau Sara trägt einen knöchellangen grünen Rock sowie eine Bluse und ein Hütchen in derselben Farbe.

Der Polizeiinspektor marschiert hin und

her und lässt die Sonne in den Goldknöpfen seiner weißen Uniform glitzern.

Als der Pastor auftritt, jubeln die Zuschauer. Der Pastor zieht daraufhin an der Schnur vor seinem Bauch und winkt glücklich mit den Flügeln. Lasse tritt als Letzter auf. Alle sind begeistert von seinem Seemannskostüm. Maja sieht, wie stolz er ist, und

klatscht so kräftig, dass ihre Hände kribbeln.

»Danke schön, da haben wir also die wunderbaren Outfits aller Teilnehmer gesehen«, sagt Jean-Pierre in das Mikrofon.

Er reicht Lulu an Charlotte weiter, die gerade mal nicht fotografiert.

Jean-Pierre erhebt sich aus seinem Sessel und hält die Mappe hoch.

»Jetzt ist der Augenblick gekommen, die Mode des nächsten Jahres vorzustellen. Und dann gebe ich bekannt, wer nach Paris fahren darf!«

Es wird ganz still auf dem Marktplatz. Jean-Pierre steigt auf den Sessel und klappt quälend langsam die Mappe auf. Die Teilnehmer rücken näher, um einen Blick auf die Mode des kommenden Jahres zu erhaschen.

»Aber …«, stöhnt Barbro, als sie die ersten Bilder sieht.

»Ich versteh gar nichts mehr«, sagt der Polizeiinspektor und schiebt seine Uniformmütze in den Nacken.

»Was ist denn das?«, haucht der Pastor. »Nichts mit Jesus oder den Vögeln auf der Wiese?«

Maja muss lachen, als sie einen kurzen

Blick auf die Bilder in Jean-Pierres Mappe wirft. Das sind ganz alltägliche Kleider!

»Ja«, ruft der Modeschöpfer über den Marktplatz. »Im nächsten Jahr ist Alltag angesagt. Nichts Außergewöhnliches. Ganz gewöhnliche Hosen, Hemden, Blusen, Kleider, Röcke und Jacken. Eure gewohnten Kleider sind also der neue Trend.«

Die aufgebrezelten Teilnehmer kommen sich plötzlich ein bisschen albern vor. Der Polizeiinspektor nimmt die weiße Mütze ab und Barbro wuschelt sich durch ihren Haarhelm. Lasse zieht an seinem Ringelpullover.

»Darum sind die Gewinner der heutigen Modenschau ...«, verkündet Jean-Pierre und wieder ist es mucksmäuschenstill auf dem Marktplatz, »... Rune Andersson und Maja! Die am alltäglichsten gekleideten Menschen auf dem Platz! Okay, sie haben nicht direkt am Wettbewerb teilgenommen, aber jeder kann ja sehen, was für einen guten Kleidergeschmack sie haben!«

»Was?«, sagt Maja überrumpelt.

»Was?«, sagt Rune nicht weniger verdutzt.

Jean-Pierre bittet Rune und Maja zu sich, um ihnen die Umschläge mit den Flugtickets und den Eintrittskarten zur Modemesse zu überreichen.

Maja bedankt sich herzlich. Aber Rune grummelt immer noch.

Bis ihm aufgeht, dass die Briefmarkenmesse in Paris ja zur gleichen Zeit stattfindet. Da endlich reißt er die Arme hoch und jubelt.

Als die anderen Teilnehmer sehen, wie Rune sich freut, vergessen sie ihre Enttäuschung, dass sie nicht gewonnen haben, und applaudieren den Gewinnern.

Alle außer Barbro Palm. Sie ist so außer sich, enttäuscht und empört, dass sie mitten auf dem Marktplatz in Ohnmacht fällt!

Der Polizeiinspektor, Lasse und Maja laufen zu ihr. Maja sieht gleich, dass Barbro gar nicht ohnmächtig ist. Sie kniet sich neben

sie und hält ihr den Paris-Umschlag unter die Nase.

»Fahren Sie mit Rune zusammen«, flüstert sie. »Ich denke, das ist das Beste.«

Barbro Palm setzt sich ruckartig auf.

Ihre Augen strahlen glücklich. Sie drückt Maja an sich.

Lasse beugt sich vor und flüstert Maja ins Ohr: »Du bist echt die Beste, Maja. Die weltbeste Detektivin und Freundin!«

Am nächsten Tag ist in der Zeitung zu lesen:

Modenschau auf dem Marktplatz

Sorgenwolken über den Modetagen in Valleby

Der weltberühmte Modeschöpfer Jean-Pierre war kurz davor, die Veranstaltung abzublasen, weil seine geliebte Katze und Lebensgefährtin Lulu aus seinem Hotelzimmer verschwunden war.

Um dem Ganzen die Krone aufzusetzen, nutzte Jean-Pierres Assistent Zybastian die Gelegenheit, seinem Arbeitgeber einen Erpresserbrief zu schreiben. Darin drohte er, dass Jean-Pierre seine Katze nur wiedersehen würde, wenn er seine kostbare Mappe rausrückte. Eine clevere Idee, die aber nicht funktioniert hat.

Dank der gründlichen Ermittlungen des Detektivbüros LasseMaja konnte der Fall rechtzeitig aufgeklärt werden und die Modenschau am gestrigen Tag stattfinden. Die Zuschauer und Teilnehmer waren begeistert.

Der Erpresser sitzt im Stadtgefängnis von Valleby hinter Schloss und Riegel. Das Vallebyblatt kann von dort ebenfalls berichten, dass die Gefängnisdirektorin Agata Kula gerade modernere Uniformen für ihre Angestellten bestellt hat.

-VB-

Valleby-Blatt
VB
Modenschau
auf dem
Marktplatz
EXTRA

Detektivbüro LasseMaja

Martin Widmark
ist in Linköping, Schweden, aufgewachsen und lebt heute in Stockholm. Er ist ein begeisterter Fußballspieler und fasziniert von Essen, Sprachen, Menschen und Musik.
10 Jahre lang war er Lehrer für die Mittelstufe, jetzt unterrichtet er Schwedisch für Einwanderer an der Volkshochschule. Außer Detektivbüro LasseMaja schreibt er weitere Kinderbuchserien, Kinderlieder und Lernhilfen.

Helena Willis,
geboren 1964 in Stockholm, lebt heute mit ihrem Mann und zwei Töchtern in der Nähe von Stockholm. Sie arbeitet als freie Illustratorin, seit sie 1991 das Beckmans College of Design abschloss. Helena Willis sagt, sie habe den besten Job der Welt: »Ich darf den ganzen Tag spielen, aber ich muss mich auch darauf konzentrieren, alle Aufgaben zeitgerecht zu lösen.«

Das Schulgeheimnis
Band 1
ISBN 978-3-7641-5041-9

Das Mumiengeheimnis
Band 2
ISBN 978-3-7641-5107-2

Das Diamantengeheimnis
Band 3
ISBN 978-3-7641-5074-7

Das Tiergeheimnis
Band 4
ISBN 978-3-7641-5076-1

Das Cafégeheimnis
Band 5
ISBN 978-3-7641-5047-1

Das Zirkusgeheimnis
Band 6
ISBN 978-3-7641-5046-4

Das Zeitungsgeheimnis
Band 7
ISBN 978-3-7641-5069-3

Das Campinggeheimnis
Band 8
ISBN 978-3-7641-5067-9

Das Kinogeheimnis
Band 9
ISBN 978-3-7641-5040-2

Das Goldgeheimnis
Band 10
ISBN 978-3-8000-5647-7

Das Fußballgeheimnis
Band 11
ISBN 978-3-7641-5042-6

Das Bibliotheksgeheimnis
Band 12
ISBN 978-3-7641-5075-4

Das Galoppgeheimnis
Band 13
ISBN 978-3-7641-5048-8

Das Eisenbahngeheimnis
Band 14
ISBN 978-3-7641-5049-5

Das Liebesgeheimnis
Band 15
ISBN 978-3-8000-5674-3

Das Safrangeheimnis
Band 16
ISBN 978-3-7641-5006-8

Das Krankenhausgeheimnis
Band 17
ISBN 978-3-7641-5007-5

Das Kirchengeheimnis
Band 18
ISBN 978-3-7641-5024-2

Das Hotelgeheimnis
Band 19
ISBN 978-3-7641-5038-9

Das Geburtstagsgeheimnis
Band 20
ISBN 978-3-7641-5057-0

Das Schwimmbadgeheimnis
Band 21
ISBN 978-3-7641-5070-9

Das Fahrradgeheimnis
Band 22
ISBN 978-3-7641-5084-6

Das Feuerwehrgeheimnis
Band 23
ISBN 978-3-7641-5099-0

ebook **Auch als E-Book erhältlich!**

Einfach zu lesen –
knifflig zu lösen.

Mehr Infos zu dem
Detektivbüro LasseMaja
findet ihr unter
www.lassemaja.de